David se mete en líos

David Shannon

SCHOLASTIC INC.

New York   Toronto   London   Auckland   Sydney
Mexico City   New Delhi   Hong Kong   Buenos Aires

NOTA DEL AUTOR

Hace algunos años, mi madre me envió un libro que yo hice cuando era pequeño. Tenía dibujos de David haciendo cosas que no debería hacer, y el texto consistía exclusivamente en las palabras "no" y "David", ¡las únicas palabras que sabía escribir! Pensé que sería divertido hacer una nueva versión para evocar todas las veces que las mamás dicen "no". Como el original, se tituló *¡No, David!* En la segunda parte, *David va al colegio*, David descubre pronto que su maestra también utiliza la palabra "no" a su manera. Ahora le toca a David hablar y resulta que la palabra "no" es también una de sus favoritas. Por supuesto que cada vez que su mamá dice "no", es porque se preocupa por su seguridad y porque desea que crezca y se convierta en una persona buena y responsable. Lo que en realidad ella quiere decir es: "te quiero". Pero cuando David dice "no", simplemente quiere decir: "no quiero meterme en líos".

Para Emma, mi pequeña traviesa, y para Heidi, su mamá,
que con cariño le dice "no".

Originally published in English as *David Gets in Trouble*.
Translated by Teresa Mlawer.

This book was originally published in English in hardcover by the Blue Sky Press in 2002.

ISBN 0-439-54561-7

Text copyright © 2002 by David Shannon.
Translation copyright © 2002 by EDITORIAL EVEREST, S. A. Carretera León - La Coruña, km. 5 - León, Spain.
All rights reserved. Published by Scholastic Inc.

12 11 10 9

7 8/0

Printed in the U.S.A.   40
First Scholastic Spanish printing,
September 2003

Cada vez que David se mete en líos
siempre tiene una respuesta…

¡No es
culpa mía!

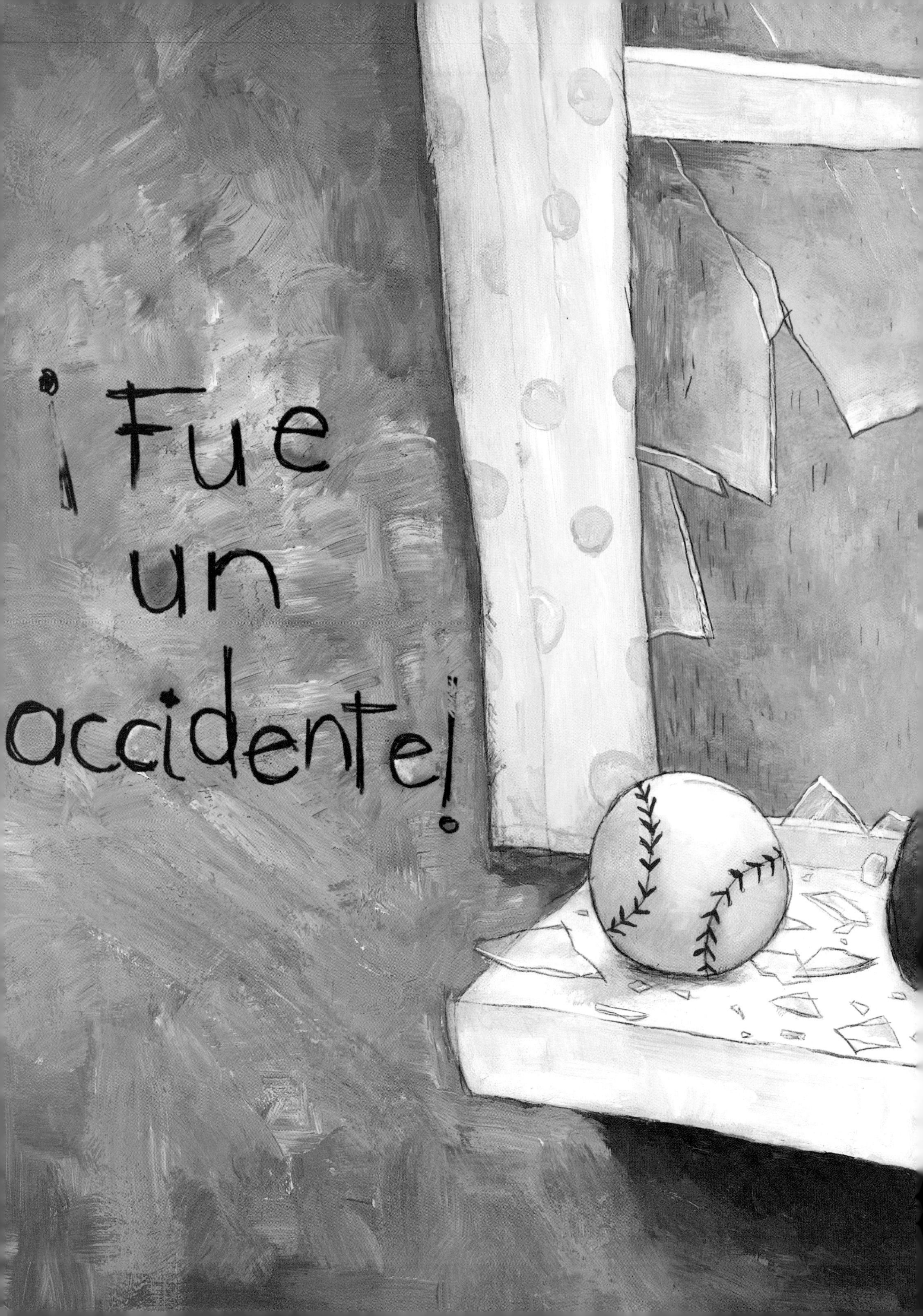
¡Fue un accidente!

¡Pero si papá lo dice!

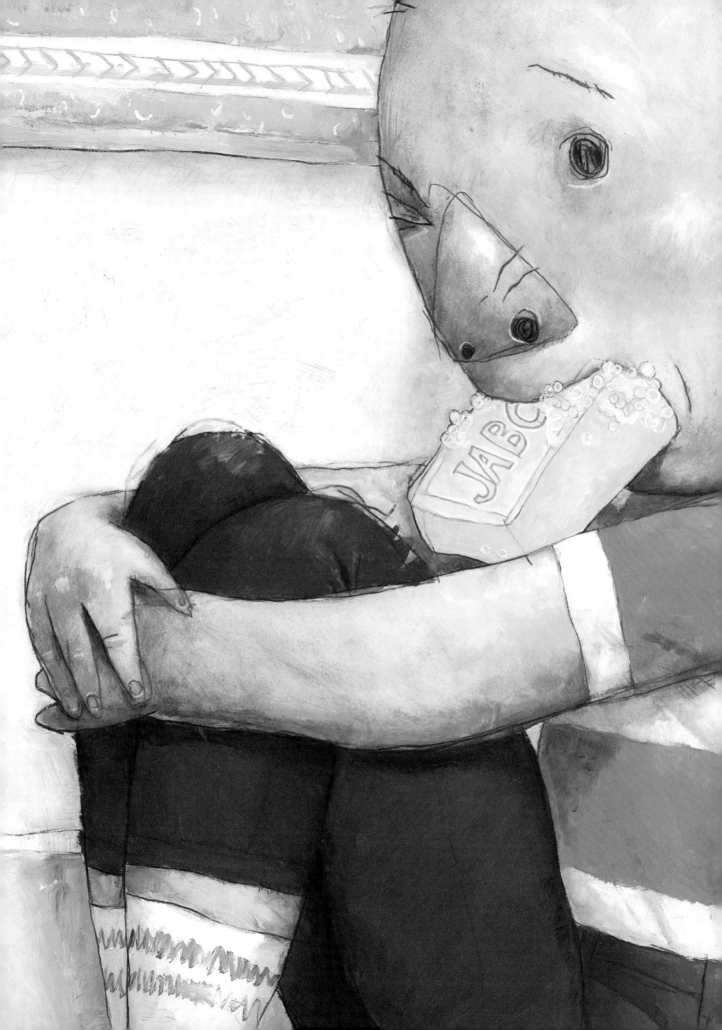

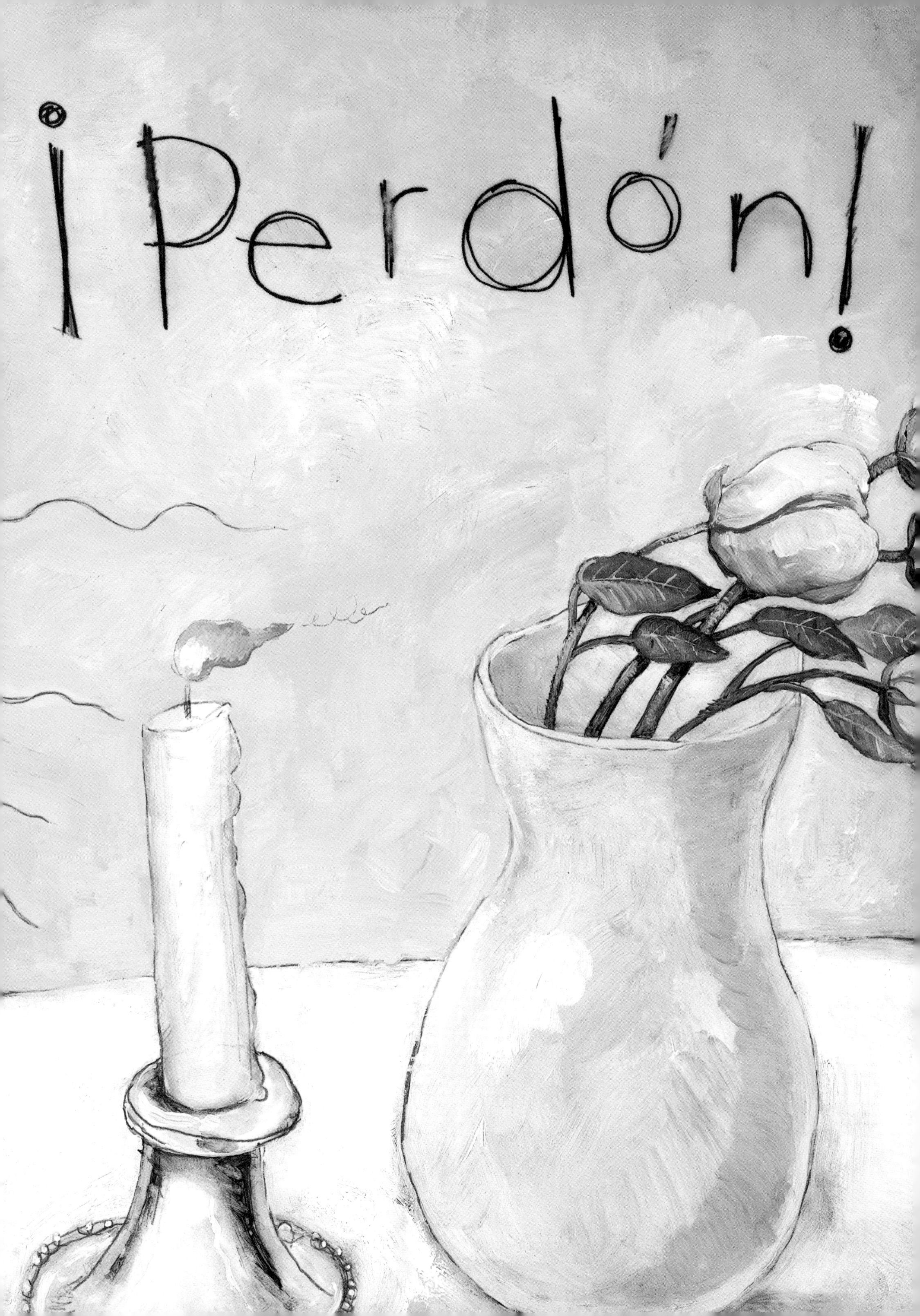
¡Perdón!

¡Sí,
fui yo!

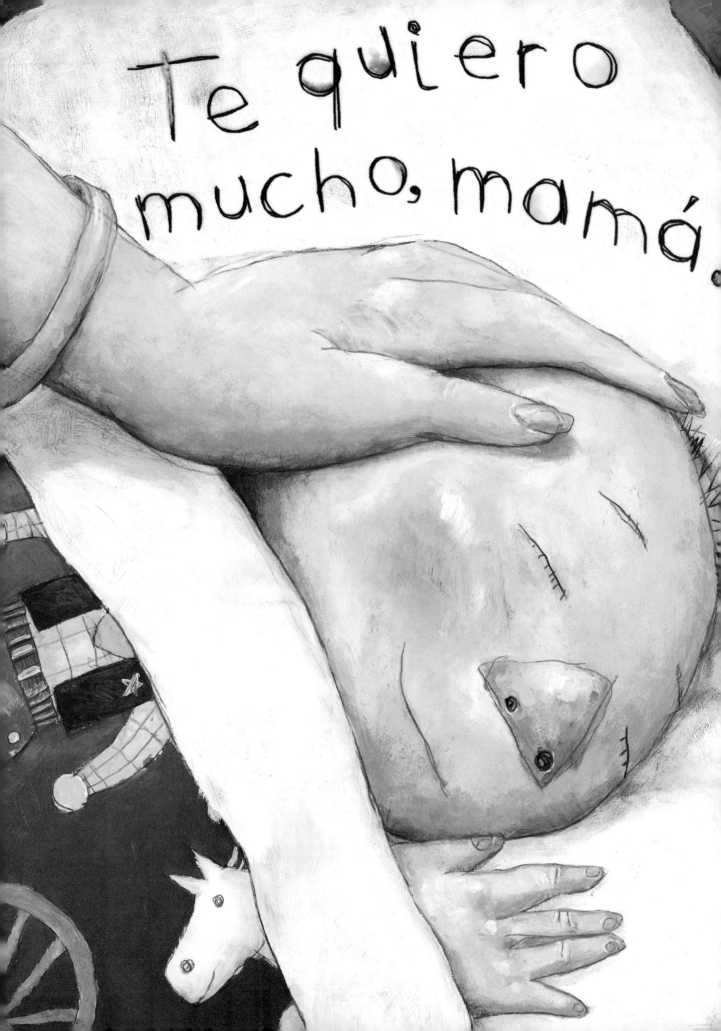